Color 彩绘版

金色童年阅读丛书

动物故事

瑞 全 编

叶 阳 夏 肖 绘

U0063109

百花文艺出版社

BAIHUA LITERATURE AND
ART PUBLISHING HOUSE

图书在版编目(CIP)数据

动物故事 / 瑞全编. — 3 版. — 天津: 百花文艺出版
社, 2010.4
(金色童年阅读丛书)
ISBN 978-7-5306-5658-7

Ⅰ.①动⋯　Ⅱ.①瑞⋯　Ⅲ.①儿童文学—故事—作
品集—世界　Ⅳ.①I18

中国版本图书馆 CIP 数据核字(2010)第 059203 号

百花文艺出版社出版发行
地址:天津市和平区西康路 35 号
邮编:300051
e-mail:bhpubl@public.tpt.tj.cn
http://www.bhpubl.com.cn
发行部电话:(022)23332651　邮购部电话:(022)27695043
全国新华书店经销
天津新华二印刷有限公司印刷
*
开本 787×1092 毫米　1/16　印张 6
2010 年 6 月第 1 版　2010 年 6 月第 1 次印刷
定价:13.80 元

法国哲学家、物理学家笛卡尔说："读一本好书就仿佛和一位高尚的人谈话！"这话说得真好！因为——阅读对一个人的素质培养和精神成长有着特殊的意义。寂寞时，书会给你以安慰；有疑问时，书会给你以解答；遇到挫折时，书会给你以鼓舞和力量，会指引你向光明的前程迈进。

阅读，我们可以领略和感受语言文字的独特美感和韵味，而且能够汲取中国以及全人类文明的精华和丰美的养分。

个人的语文素养和人文素质的提高，除了课堂学习之外，一个十分重要的途径就是课外自由而广泛的阅读。读得多，你的理解能力和写作水平就会在不知不觉中提高了，古人说的"厚积薄发"、"熟

前言 QIANYAN

能生巧"是很有道理的。

为此，我们全体编写者，针对青少年课外阅读的兴趣特点，确定题材，精心编写，为广大青少年读者献上这套《金色童年阅读丛书》！这套丛书图文并茂，既注重可读性，又注重启发性。在每个故事后，我们还撰写了"阅读提示"，这既是醒豁的点睛之笔，又是精辟的赏析总结，语言亲切质朴，生动活泼，对启发青少年读者阅读具有指导意义。

愿《金色童年阅读丛书》带着你走进美妙的书的世界，并伴随你健康成长。

编　者

CONTENTS 目录

qiū zhī gē
秋之歌 ·············· 6

cháng tuǐ guàn jūn zhī zhū
长腿冠军蜘蛛 ·········· 10

fēi é pū huǒ zhī mí
飞蛾扑火之谜 ·········· 13

yú wēng zhī zhū
"渔翁"蜘蛛 ·············· 17

cāngying de bì yì
苍蝇的裨益 ·········· 20

cǎi sè wō niú
彩色蜗牛 ·············· 23

qiū yǐn de qí miàogǎn jué
蚯蚓的奇妙感觉 ········ 26

shén qí de gē zi
神奇的鸽子 ·············· 29

chūnjiāngshuǐnuǎn yā xiān zhī
春江水暖鸭先知 ···· 34

yǒu qù de fēngniǎo
有趣的蜂鸟 ·········· 38

xiāo sǎ de dāndǐng hè
潇洒的丹顶鹤 ·········· 42

chéngfēngqiān fēi de yīng
乘风迁飞的鹰 ········ 46

běi yàn nán fēi
北雁南飞 ·············· 49

kě pà de pài duì
可怕的派对 ·············· 52

shā yú de xiàngdǎo
鲨鱼的"向导" ···· 58

qí yì de bǐ mù yú
奇异的比目鱼 ·········· 61

wá wa yú
娃娃鱼 ·············· 64

shí wén yú
食蚊鱼 ·············· 68

hǎi shēn de xià mián
海参的夏眠 ·········· 70

sān wèi yì tǐ de jì jū xiè
"三位一体"的寄居蟹 ··· 73

duì xiā de lǚ xíng
对虾的旅行 ·········· 76

tān shuì de shǔ
贪睡的鼠 ·············· 80

zhù zài shùshang de dài shǔ
住在树上的袋鼠 ····· 83

chī māo de lǎo shǔ
吃猫的老鼠 ·········· 88

má què de gōngguò
麻雀的功过 ·········· 91

huà xué de tiān fù
化学的天赋 ·············· 95

秋之歌

QIU ZHI GE

秋夜，草丛中虫声唧唧。蟋蟀躲在庭园中、石阶下、墙角里，不停地唱着欢快的歌曲："曜曜曜，唧唧……唧唧唧……"鸣秋之虫，给人们带来一番秋色。

蟋蟀头大身肥，头上的两根长触须比身躯还长，尾巴上也长有两根尾须。雌蟋蟀的尾须间还多一根须，好像有"三尾"，其实，它是个产卵管。

在所有昆虫歌手中，蟋蟀的歌声既清脆，又久长，有一种反复的颤音，时时在人们的耳边回荡。蟋蟀是怎样唱出那悦耳的歌曲的呢？原来，它的声音是靠两翅摩擦而发出的。它的发音器组织细致而复杂，左翅上长着锉子般的齿，右翅上长着一个突起的发音镜，振翅时不停地摩擦，就会发出声音。蟋蟀得天独厚，它举起两翅时，同身躯能保持四十五度角，甚至六十度角，还能够任意调整角度。因此，它能发出好几种频率的音调来，而每种音调又各有一个基音和几个泛音，声音就变得更清脆婉转了。

蟋蟀是既会唱，又善斗的昆虫，这同它的生活习性有关。

7

它长时期地栖居在地穴中或石缝里，性格孤僻，独善其身，除了在交配期间跟雌虫同居在一起以外，大部分时间和同类老死不相往来。因而，两只雄蟋蟀一旦相遇，就会斗起来。

夏末秋初，是蟋蟀求偶的时节。孤独的雄蟋蟀就发出鸣声，意思是："我在这里。"招引附近的雌虫前去。雌虫听到"情歌"，赶去赴约，雄虫又奏起另一种"爱情曲"，使雌虫安定下来，不致拒绝接近。如果这时候闯来了一个不速之客的雄虫，就会引起一场角斗。双方先是振翅鸣叫，像在各自助威；接着爪牙相对，猛扑乱咬，直到一只雄虫战败逃走为止。另一只雄虫是胜利者，得意地振翅鸣叫起来，然后再向雌虫求爱。

蟋蟀的鸣叫给大自然增添了情趣。自古以来，受到人们喜爱，饲养蟋蟀，观看争斗。历史上曾记载许多为蟋蟀倾家荡产的败家子儿，以及玩物丧志的权贵者。

蟋蟀有发达的口器，能咬断植物的根茎，咬伤叶和果实，是害虫。因为它会鸣善斗，不少人却偏爱它，而对它的坏处反不以为意了。

YUE DU XIN YU

阅读心语

蟋蟀的"歌"常在秋夜"唱"起，那是蟋蟀唱响的"情歌"，这歌声同样给大自然增添了情趣。

长腿冠军——蜘蛛

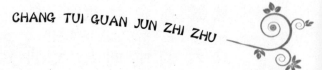
CHANG TUI GUAN JUN ZHI ZHU

听说过这样的古话吗:"春蚕到死丝方尽。"其实,这完全是误会。蚕宝宝吐丝后并没有死,它住在美丽而稳固的禁宫中,十分安全。经历了一番脱胎换骨的大变化,转化为蛹,蛹在十余天后,再摇身一变,成为带翅的蚕蛾。在自然界中,还有一种会吐丝的动物,那就是蜘蛛。不同的是,蜘蛛吐丝织网完全是为了捕捉飞虫,猎取食物。

你注意过没有,会吐丝的蜘蛛的腿特别长,可以说是动物世界中的长腿冠军。有人对一种织圆网的蜘蛛进行测定,发现它的体长仅为1.5~2厘米,可是它的腿竟有4~6厘米之长。蜘蛛的8条长腿也与众不同,腿里面既没有肌肉，也没有骨骼，而是充满了液体。

经过研究发现，这8条长腿原来都是灵敏的振动感受器。

每天夜里12点至清晨4点的这段时间里，蜘蛛开始吐丝织网。大多数编织圆网的蜘蛛，每夜仅花半小时就能把网织成。此时，蜘蛛就静静地伏在网的

中央，或者隐藏在一个地方。蜘蛛用8条腿轻轻地拉住蛛网。由于腿长，所以蜘蛛能均匀地将这8条腿安放在网的不同经纬线上。腿的振动感受器非常灵敏，能区分是树叶飘落在网上，还是飞虫撞网。因为树叶飘落网上引起的振动不过是一霎间，而飞虫撞

网必定要作垂死挣扎，会引起一系列振动。这时，蜘蛛会估量哪条网线振动最大，然后直奔过去，给猎物注入麻醉剂，喷出黏丝把猎物捆起来，然后再细嚼慢咽，吃下去。

奇怪的是，同是飞虫，苍蝇陷入网中，蜘蛛就会立即赶来，而若是蜜蜂被蛛网粘住了，蜘蛛却置之不理。据研究，原来蜘蛛的腿对每秒40~50赫的振动最敏感，苍蝇扑翅的频率正好在这个范围内，而蜜蜂扑翅频率却超过1000赫，蜘蛛的长腿就感受不出来了。

现在，科学家们已将蜘蛛长腿上的振动感受器原理应用于国防科技上，用途大着呢。

YUE DU XIN YU

阅读心语

蜘蛛吐丝结网，并利用自己的长腿感知是猎物自投罗网还是危险降临，真是神奇。

飞蛾扑火之谜

FEI E PU HUO ZHI MI

xià tiān wǎn shang dāng wū zi li diǎn shàng yóu dēng qì
夏天晚上，当屋子里点上油灯、汽

dēng huò diàn dēng hòu cháng cháng yǒu sān wǔ chéng qún de xiǎo qīng
灯或电灯后，常常有三五成群的小青

chóng jiǎ chóng hé é zi děng fēi jìn wū
虫、甲虫和蛾子等飞进屋

lái wéi rào zhe dēngguāng
来，围绕着灯光

tuán tuán dǎ zhuàn
团团打转，

zhí dào pèng sǐ
直到碰死、

rè sǐ huò zhě shāo
热死，或者烧

sǐ wéi zhǐ
死为止。

rú guǒ dēngguāng xī miè
如果灯光熄灭

le zhè xiē xiǎo kūn chóng jiù
了，这些小昆虫就

huì hěn kuài fēi sàn kě shì
会很快飞散。可是，

dāngdēngguāng yòu chóng xīn diǎn liàng
当灯光又重新点亮

shí chéng qún de kūn chóng yòu
时，成群的昆虫又

13

会从四面八方再度飞来。"飞蛾扑火",是人们对无知者和愚蠢人的一种嘲笑。

昆虫真的愿飞去送死吗?扑火是什么原因呢?原来,不同种类的昆虫是用不同的方法来辨认方向的。有些昆虫依靠食物,依靠同类个体的气味,或者依靠湿度大小、温度高低来确定活动方向的。有些昆虫有很强的趋光性,在夜间飞行时利用光线来辨认方向。

过去,人们只认为有些昆虫特别喜欢光亮,"飞蛾扑火"正是昆虫无知的趋光性。昆虫几乎都看不见红色光线,而对紫外光线的反应特别灵敏。人们利用飞蛾的这种特性,在无月的夜晚,在田野里悬挂起一盏紫外光灯,灯下放置水盆或"陷阱",让飞蛾在绕灯打转儿时跌进去,从而诱杀它们。

现在"扑火"之谜已被揭开了。科学家经过长期观察和实验，发现飞蛾等昆虫在夜间飞行活动时，是依靠月光来判定方向的。飞蛾总是使月光从一个方向投射到它的眼里。飞蛾在逃避蝙蝠的追逐，或者绕过障碍物转弯以后，它只

要再转一个弯，月光仍将从原先的方向射来，它也就找到了方向。这是一种"天文导航"。

飞蛾看到灯光时，错误地以为是"月光"哩，因此，也用这个假"月光"来辨

bié fāng xiàng　　yuè liang jù lí dì qiú yáo yuǎn de
别方向。月亮距离地球遥远得

hěn　　fēi é zhǐ yào bǎo chí tóng yuè liang de
很，飞蛾只要保持同月亮的

gù dìng jiǎo dù　　jiù kě yǐ shǐ zì
固定角度，就可以使自

jǐ cháo yí dìng de fāng xiàng fēi
己朝一定的方向飞

xíng　　kě shì　　dēng guāng lí
行。可是，灯光离

kāi fēi é hěn jìn　　fēi
开飞蛾很近，飞

é àn běn néng réng rán
蛾按本能仍然

shǐ zì jǐ tóng guāng
使自己同光

yuán bǎo chí zhe gù
源保持着固

dìng de jiǎo dù　　yú
定的角度，于

shì zhǐ néng rào zhe dēng guāng
是只能绕着灯光

dǎ zhuàn zhuan　　zhí dào zuì hòu jīng pí lì jié de sǐ qù
打转转，直到最后精疲力竭地死去。

YUE DU XIN YU

阅读心语

fēi é pū huǒ　bú shì zì qǔ miè wáng　ér shì cuò
飞蛾扑火，不是自取灭亡，而是错

wù de bǎ　　dēng guāng dàng zuò yuè guāng　yīn wèi fēi é
误地把"灯光"当作月光，因为飞蛾

yè jiān fēi xíng cháng lì yòng yuè guāng lái biàn rèn fāng xiàng
夜间飞行常利用月光来辨认方向。

"渔翁"蜘蛛

YU WENG ZHI ZHU

蜘蛛结网捕食。蛛网的式样，各种各样，真是奇怪而有趣。

非洲南部有种蜘蛛，常常几百只成群聚集在一起，共同结成一个个的蛛网袋，网口做了个"陷坑"，上面还用一层长长的绒毛铺盖起来。苍蝇、飞蛾和一些小甲虫，常常不小心跌进"陷坑"里去，再也飞不出来了，成了"囊中之物"。

蜘蛛守候在网里，当昆虫跌落到网中，立即把它们咬死或吞掉，真是昆虫的"猛兽"了。别看它这么凶狠，却"欺善怕凶"呢。它对落网的黄蜂却是另眼看待，因为黄蜂的尾部有毒刺，挺厉害，不敢去触犯。

17

yǒu qù de shì "měng shòu" zhī zhū yě yǒu tā de "péng you" li
有趣的是，"猛兽"蜘蛛也有它的"朋友"哩。

xiǎo qīng chóng diē luò wǎng zhōng què bú shòu shāng hài yuán lái xiǎo qīng chóng
小青虫跌落网中，却不受伤害。原来，小青虫

zhuān mén chī zhī zhū shèng xià lái de cán xiè yǐ cǐ wéi shēng ér zhī zhū bǎ
专门吃蜘蛛剩下来的残屑，以此为生；而蜘蛛把

xiǎo qīng chóng dàng zuò "wèi shēng yuán" liú zài wǎng nèi zuò qīng jié gōng zuò
小青虫当作"卫生员"，留在网内做清洁工作。

zhī zhū shì bǔ zhuō kūn
蜘蛛是捕捉昆

chóng de néng shǒu fēi zhōu
虫的能手。非洲

rén bǎ zhī zhū dàng zuò niǎo nà
人把蜘蛛当作鸟那

yàng yǎng zài jiā li qǐng tā
样养在家里，请它

men lái xiāo miè cāng ying
们来消灭苍蝇。

hái yǒu bù jié wǎng
还有不结网

de yú wēng zhī zhū
的"渔翁"蜘蛛。

shēng huó zài nán měi zhōu rè dài sēn lín li tā bǎ tǔ chū de zhū
生活在南美洲热带森林里，它把吐出的蛛

sī dàng "diào xiàn" diào chóng zi chī hǎo xiàng shì yí gè chuí diào
丝当"钓线"，钓虫子吃，好像是一个垂钓

de yú wēng
的渔翁。

yú wēng zhī zhū zài shù lín li xuǎn zé yì gēn yòu qīng yòu zhí
渔翁蜘蛛在树林里选择一根又轻又直

de zhī gàn zuò "diào gān er" zài gān er duān tǔ chū le yì gēn
的枝干做"钓竿儿"，在竿儿端吐出了一根

cháng cháng de zhū sī xià miàn chán zhe yì tuán nián yè bān de luàn sī
长长的蛛丝，下面缠着一团黏液般的乱丝，

做成"钓线"和"鱼饵"。

昆虫在森林里飞来飞去觅食时，看到随风飘荡的"鱼饵"，当作是自己爱吃的食物。没风的时候，渔翁蜘蛛会用前脚拉动蛛丝，让"鱼饵"来回摆动，布下"迷魂阵"，引诱昆虫来上钩。当昆虫飞扑到"鱼饵"上，黏液把它粘住了。蜘蛛就攀丝而下，把昆虫吞食掉。

别看它只有一根钓线，渔翁蜘蛛依靠它，一小时能捕上近十只昆虫，比张网捕虫的蜘蛛本领还强哩。

YUE DU XIN YU

阅读心语

吐丝织网，是大多数蜘蛛捕食本领，而渔翁蜘蛛吐丝，却也能"钓"到虫子，一根钓线的本领比张网捕虫还强。蜘蛛们为了生存，真是各有奇招。

19

苍蝇的裨益

CANG YING DE BI YI

苍蝇永远是受"通缉"的大反派，然而即使它们肆意地招摇过市，我们也很难迅速地将其一举擒获。为什么呢？原来，苍蝇有一对由后翅退化而成的平衡棒。飞行时，平衡棒按一定的频率进行机械振动，以调节翅膀的运动方向，它是保持身体平衡的"导航仪"。当有突发威胁时，这个"导航仪"会在瞬间调整苍蝇的飞行姿态和方向，使其迅速安全撤离"禁区"。受此启发，科学家研制成了新一代导航仪——振动陀螺仪，它大大改善了飞机的飞行性能，使飞机能自动停止危险的滚翻飞行，在机体剧烈倾斜时还能自动恢复平衡。有了它，飞

机即使要应付最复杂的急转弯也万无一失啦！

当然，苍蝇能敏锐地观察周围的动静，还应归功于它那几乎能看清360°范围内物体的复眼，这台精密的"摄像仪"包含了约4000只可独立成像的单眼呢！由此科学家发明了由1329块小透镜组成的，一次可拍1329张高分辨率照片的蝇眼照相机，今天它已广泛应用于军事、医学、航空等领域。

说到复眼，我们还需提及另外两个特别的小家伙。一个是蜜蜂，它的复眼中的每个单眼之间，相邻排列着对偏振光方向十分敏感的偏振片，它们可利用太阳准确定位。根据这一原理研制的偏振光导航仪，为出海航行又增添了一把"安全锁"。另一个是一种名为"秋赤足"的蜻蜓，它以10万多只单眼的纪录摘得了最多单眼的桂冠，并促成了最小最轻感光器的问世。

YUE DU XIN YU

阅读心语

苍蝇是传播病菌的害虫，但是另一方面，科学家通过研究苍蝇，发明了"振动陀螺仪"，"蝇眼照相机"。可见，苍蝇对人类文明的进步也不无贡献。

彩色蜗牛

CAI SE WO NIU

蜗牛是腹足类软体动物，身驮灰色小介壳，常常在树上或其他植物上爬行，吃食叶子。

"蜗牛爬行"是缓慢的。它用腹足紧贴物体上，作波浪般的伸屈蠕动，徐徐向前爬行。足上长有腺体，能分泌出很黏的液体，帮着爬动。蜗牛爬过的地方，总是留下一道长长的闪光的涎线。

行动缓慢是蜗牛的致命伤。介壳又不很坚硬，躲在里面很不保险，常常会被鸟类吞食掉。

但是，在热带地区生活的蜗牛，却有个变色的本领，用来保护自己，躲避敌

害。古巴热带森林的枝头上，成群地栖居着很多彩色蜗牛，外壳辉映着太阳光谱上的色泽。远远望去，仿佛一簇簇怒放着的花朵。

身披华丽服饰的蜗牛，从一种树木爬到了另一种树木的时候，它的外衣也会跟着起变化。有时，蜗牛像颗晶莹的绿翡翠，有时却变得像颗瑰丽的红宝石。

为什么蜗牛会出现各种五彩缤纷的色泽呢？科学家发现了这个奥秘：彩色蜗牛的变色，并不是自己的本

能对环境的适应，而是受到了食物的化学成分的影响。它们常常栖居在树上，吃食树叶和树皮，当食物改变了，蜗牛的彩色也跟着变换了。

最奇妙的是，那些栖居在金鸡纳霜树上的蜗牛，全身发着红光，还散发出金鸡纳霜的苦味。鸟儿或野兽闻到后，就会远远地避开。甚至连那些最喜欢吃食蜗牛的黄雀，因为不对胃口，也没兴趣去吃它了。

彩色蜗牛就这样巧妙地避开了敌害，安全地生活了下来。

YUE DU XIN YU
阅读心语

彩色蜗牛通过变色来保护自己不受天敌的侵害，安全地生活。

蚯蚓的奇妙感觉

QIU YIN DE QI MIAO GAN JUE

我国古代科学家李时珍在《本草纲目》一书中谈到关于蚯蚓的一段话："蚓之行也，引而后伸，其嵝如丘，故名蚯蚓。"我国古代文人常常提到"蚓笛"，说蚯蚓的鸣声像笛子声，抑扬顿挫。这说明我国人民很早以前就对蚯蚓进行了观察研究。

对蚯蚓进行比较系统的科学研究，还是从十九世纪英国科学家达尔文开始的。他写了一本关于蚯蚓的书，对蚯蚓的生态作了生动、有趣的描写。

蚯蚓能弹琴、吹笛子的说法是人们的误解。任凭音乐在身旁奏得多么动听，蚯蚓却毫无反应。原来，蚯蚓是聋子，根本听不见声音。但是，当蚯蚓钻出洞口，在附近发出一种敲击的声音时，会退缩进洞。这是怎么回事呢？原来，蚯蚓虽然没有耳朵，皮肤里却有发达的感觉细胞，外面稍有振动，就能察觉到。

蚯蚓体内也没有鸣器，自然不会奏笛。"歌声"不是从蚯蚓发出的，而是一些蝼蛄等昆虫，钻在蚯蚓洞里唱出来的歌。

在蚯蚓面前，即使不断移动着各种不同形状、颜色和大小的物体，它也毫无反应。原来，蚯蚓还是个瞎子，没有专门看东西的眼睛。但它对光线却有明暗的感觉，用光来刺激，会很快逃回洞里。

27

zhè shì tā shēn tǐ biǎomiàn de gǎnguāng xì bāo zài qǐ zuò yòng
这是它身体表面的感光细胞在起作用。

qiū yǐn de kǒu qián yè hé kǒuqiāng li yǒu yì zhǒngwèi jué xì
蚯蚓的口前叶和口腔里有一种味觉细

bāo shǐ qiū yǐn néng biàn bié shí wù de zī wèi dāng tā gǎn jué
胞，使蚯蚓能辨别食物的滋味，当它感觉

dào qián miàn yǒu ài chī de shí wù shí jiù huì pá guò qù chī
到前面有爱吃的食物时，就会爬过去吃。

qiū yǐn méi yǒu fèi ér shì kào pí fū lái hū xī de qiū
蚯蚓没有肺，而是靠皮肤来呼吸的。蚯

yǐn de pí fū néng fēn mì nián yè biǎomiàn yòu shī yòu huá pí
蚓的皮肤，能分泌黏液，表面又湿又滑。皮

fū nèi bù mǎn le wēi xuè guǎn gēn quánshēn xuè guǎnxiāngtōng hū xī
肤内布满了微血管，跟全身血管相通。呼吸

shí kōng qì zhōng de yǎng xiān róng jiě zài nián yè zhōng rán hòu shèn tòu
时，空气中的氧先溶解在黏液中，然后渗透

dào wēi xuè guǎn yóu xuè guǎnzhōng de xuè yè bǎ yǎng shū sòng dào quánshēn
到微血管，由血管中的血液把氧输送到全身。

fǎn guò lái tǐ nèi de èr yǎng huà tàn jīng guò yuán xiàn lù pái xiè
反过来，体内的二氧化碳经过原线路，排泄

dào tǐ wài jiù zhè yàng xún huán hū xī bǎo chí le shēngmìng de huó lì
到体外。就这样循环呼吸，保持了生命的活力。

YUE DU XIN YU

qiū yǐn shì lóng zi shì xiā zi què néng zài hēi hēi
蚯蚓是聋子，是瞎子，却能在黑黑

de ní tǔ zhōng chuānsuō zì rú qiū yǐn méi yǒu fèi
的泥土中"穿梭"自如。蚯蚓没有肺，

kào pí fū lái hū xī kào pí fū zhōng de wēi xuè guǎn jìn
靠皮肤来呼吸，靠皮肤中的微血管进

xíng xuè yè xún huán bǎo chí shēngmìng huó lì
行血液循环，保持生命活力。

阅读心语

神奇的鸽子

SHEN QI DE GE ZI

鸽子是神奇的鸟，它有一双明察秋毫的眼睛，纵目远眺，能发现翱翔天外的雄鹰，还能辨别出鹰隼是吃腐尸的，还是捕猎活食的。它在离巢很久，一朝归来时，能从许多鸟巢中认出自己的旧居；在千百成群的鸽子里，能够唤出自己的情侣，被称为"一夫一妻"的鸟。

鸽眼被誉为"神目"。"上穷碧落下黄泉，两处茫茫皆可见"，正是这种赞颂。原来，鸽眼有成百万根密集的神经纤维，视网膜内有一百多万个神经元，能完成复杂的特殊功能，如检测出图像的基本原素点边角，发现定向运动，鉴定颜色强度等。视网膜有六种特殊神经节细胞，可以分别检测物体的亮度，普通边、凸边、方向边、垂直边和水平边。

新西兰有家集成电路厂的成品车间里，两只银灰色的鸽子经过人们训练后，被派到传送带旁，监视着印刷线路板缓慢通过，合格的放行，不合格的，它就用嘴啄拣出来，成为一个十分称职的"检验员"。

不久前，美国康奈尔大学的两位专家克雷恩和埃西米尔，透过一系列电力震动，训练二十只白鸽，当灯光放射到萤光屏时，它们都作出了阴性反应。当灯光由紫外线替代，沿着比灯光还短的波浪式流动时，鸽子似乎也害怕受到电力震动。科学家认为，白鸽有一种令人不可思议的方向感，因为它们能看到人眼和其他脊椎动物都看不到的紫外线。

在实验中，科学家已经证实鸽子另有一种用嗅觉信息导航的本领。在意大利北部，人们将刚生羽毛的幼鸽，放进看不到外部世界的笼子里，养了一百天。

笼子一半不透风，另一半可以让微风透进。然后，将部分笼子放在阿尼诺，其余的笼子送到离阿尼诺东南四十五公里的米莫地方。每周有一天，放在米莫的鸽子被带到阿尼诺，然后把两地的鸽子都戴上面罩，遮断嗅觉，全部放飞，任其在阿尼诺上空飞翔。前后培养出四组不同的鸟：一组嗅过阿尼诺，一组嗅过米莫，另两组两地都没嗅过，然而所有的鸟都熟悉了阿尼诺的环境。

有一个晴天，把四组鸽子带到两地的中间地带，解开面罩，全部放飞。第一组鸽子飞行方向正确，在一小时内飞回家；其他三组中大多数虽然都能回到阿尼诺，可是花了很长时间；还有一小部分飞到了从未见过的米莫。

在另一个实验中，将幼鸽养在笼中，不让受风。每隔几天把它们放到人为的气味下。第一组，从笼的南边散入橄榄油气味，从北面吹进松节油气味；第二组传进的气味方向正相反。然后，把所有鸟带到中间地带，释放前在鸽嘴上分别涂上橄榄油或松节油，再行放飞。结果第一组，涂橄榄油的往北飞，涂松节油的往南飞。第二组用同样方法进行，它们飞行的方向恰恰相反。

实验表明：鸽子习惯了以气味为记号，一只鸽子在鸽子窝中，就熟悉了四周特殊的气味，风传导了气味。白鸽可能通过体内的"指南针"，把特殊气味和风向联系起来，在陌生地方也能根据嗅觉辨别出方向来。

YUE DU XIN YU

阅读心语

鸽子有一双明察秋毫的眼睛，有用嗅觉导航的本领。难怪，鸽子远隔千山万水仍能找到自己的家。

春江水暖鸭先知

CHUN JIANG SHUI NUAN YA XIAN ZHI

钱塘江上游富春江，碧波粼粼，水光潋滟，特别到了春天，景色更是秀丽动人。

"江南好，风景旧曾谙；日出江花红似火，春来江水绿如蓝。"诗人白居易写下这首清丽逼真的名词。

"竹外桃花三两枝，春江水暖鸭先知。"诗人苏轼也以春江为题，写了另一首脍炙人口的题画诗。诗人们以隽永的诗句描绘了春色，同时也以动物来反映季节的变换，包含了许多科学道理。

春江水为什么绿如蓝？原来，太阳射出的七色光，蓝色和绿色的光波较短，只能透进水中很浅的地方，遇到阻碍，就发出剧烈的散射和反射，人们看到的江水就"绿如蓝"了。

而且，春雨连绵，江河水涨，微生物繁殖又不多，水深而透明，使春江水色更加绿如蓝了。

春江水暖，为什么鸭能先知？原因在于鸭子每天浮游水中，对冬水冷，春水暖，有着亲身的感受。另外，鸭子的叫声和行为，也往往对天气的冷暖变化会作出灵敏的反应。寒冷的冬天，鸭子不在岸上休息，反而成天缩起头颈漂浮在水面上，即使人们连唤带赶地催回，仍旧乐而忘返。

由于冬天的水温比气温要高，鸭子怕冷喜暖，也就乐意在水中了。春天，大地回暖，花红似火，水绿而暖，鸭子追逐碧波，活泼怡游，四处觅食，不时发出那欢快的叫声。

农村水乡，几乎家家都养鸭子，它会预知天气变化呢。清晨，鸭子被赶下河，在池塘或河边啄食一会儿，便停留水面"呱——呱——呱"地叫起来。"鸭子嘈，大风到"，预兆不久就有大风到来。傍晚，鸭子连续不断地将头颈潜进水中觅食，偶尔把头插进翅膀，漂浮在水面，休息一会儿，接着又是连续潜水觅食，"鸭子潜水快，天气将变坏。"鸭子匆匆觅食，不到傍晚就提前上岸，预示阴雨天就要来了。

当然，鸭子的行为还有其他原因。鸭子遇到惊恐，或者失群，都会不停地叫唤；而在水下找不到食物，饿着肚子上岸后，也会一个劲儿跟着主人呼叫要食吃。

鸭子非常贪吃，胃里总是塞得满满的，除了吃螺蛳等水生小动物外，还吃谷物、蚯蚓和各种害虫。将鸭子赶进水稻田里，就能吃掉大量的稻飞虱、叶蝉、稻蝗等害虫。

1954年，人们曾将上万只鸭子赶到微山湖畔的农田里，保住了两万五千亩土地上的庄稼，免除了一场蝗虫灾害。

YUE DU XIN YU

阅读心语

"春江水暖鸭先知"，是因为鸭子每天浮游水中，能最先感受季节的交替，它们的叫声和行为也向人们预告着天气的变化。

有趣的蜂鸟

YOU QU DE FENG NIAO

世界上最小的鸟儿要算蜂鸟了，产在美洲，有六百多种。最大的不过二十多厘米长，最小的只有胡蜂那么大，两三克重。

蜂鸟在树枝或在树叶上筑巢，窝巢当然也很小巧，像胡桃那么大。鸟蛋就更小了，只有豌豆那么大，约半克重。

别看蜂鸟这么纤小，脑子可发达哩。脑袋的重量等于它体重的三十分之一，比人类身体和人脑的比重（约50：1）还大呢。

蜂鸟的活力很强。每秒钟要扑动翅膀约60次，有时整个翅膀还会翻转呢。有时，它一动不动地停留在空中，来个"特技表演"，仿佛站立在一个无形的支柱上。

更令人惊奇的是，有些蜂鸟每年要飞渡八百多公里宽的墨西哥湾哩。

蜂鸟凭着悬空定身的绝技，用那细长的尖嘴，将舌头伸进倒挂的金钟花深处，来吸取花蜜。这是它最爱吃的，也是主要的食料。舌头在构造上像喝汽水的吸管，仿佛一个"小水泵"。它在飞行的时候会发出蜜蜂般的声音，加上它体形像蜂，喜吃"甜食"，因此叫它蜂鸟了。葡萄牙人叫它"吻花客"。

蜂鸟个儿虽小，却勇猛善斗。像山鹰那样的猛禽，比自己大几十倍、几百倍，可蜂鸟毫不惧怕。它用那钢针般

39

的尖嘴，看准山鹰眼睛猛啄，山鹰往往在这个小家伙面前败北，顿时被啄瞎了眼。

雄蜂鸟的尾巴是飞禽中最独特的。它只有四根羽毛，中间两根是穗形，两旁伸展着两根长羽毛，顶端长着一面"小团扇"。繁殖季节到来，雄鸟摆动长长的双尾羽，相互绞绕，同时，两根侧羽也舞动起来，发出哒哒哒的声音，像跳着求爱舞，在招引它的"情侣"。

蜂鸟中最著名的一种叫飞行金刚石。它飞得快，一霎而过，仿佛是一颗活的金刚石在闪动。

它的羽毛又美丽、又豪华、又纤细、又光滑，在太阳光下反射出不同的色彩，特别在飞行中转动的时候，由

yú guāng fǎn shè jiǎo dù bù tóng　　gèng xiǎn de wǔ cǎi bīn fēn　　yàn lì
于光反射角度不同，更显得五彩缤纷，艳丽

duó mù le
夺目了。

fēng niǎo xuán kōng dìng shēn de　mì mì zài nǎ lǐ　　rén men fā
蜂鸟悬空定身的秘密在哪里？人们发

xiàn　　fēng niǎo de shuāng yì tóng dà duō shù niǎo bù tóng　　zhěng gè chì
现，蜂鸟的双翼同大多数鸟不同，整个翅

bǎng guān jié jī hū shì tǐng zhí ér bù néng huó dòng de　　yǒu yí gè
膀关节几乎是挺直而不能活动的，有一个

zhuàn zhóu guān jié hé jiān bǎng xiāng lián　　zài dìng shēn shí　　tā yòng shuāng
转轴关节和肩膀相连。在定身时，它用双

yì qián hòu huá dòng　　xiàng qián huá dòng shí　　yì yuán shāo shāo qīng xié
翼前后划动。向前划动时，翼缘稍稍倾斜，

chǎn shēng le shēng lì　　ér méi yǒu chōng lì　　jiē zhe　　shuāng yì zài
产生了升力，而没有冲力；接着，双翼在

jiān bǎng chù zuò　　　de zhuǎn xiàng　　xiàng hòu huá dòng shí　　chǎn shēng
肩膀处作180°的转向，向后划动时，产生

le shēng lì　　ér méi yǒu tuī lì　　jiù zhè yàng　　fēng niǎo bú duàn
了升力，而没有推力。就这样，蜂鸟不断

qián hòu shān dòng chì bǎng　　jiù néng xuán kōng dìng shēn bú dòng le
前后扇动翅膀，就能悬空定身不动了。

YUE DU XIN YU

阅读心语

shì jiè shang zuì xiǎo de niǎo　　fēng niǎo　xiān xiǎo què
世界上最小的鸟——蜂鸟，纤小却

néng gàn　　tā néng cháng tú fēi xíng　néng xuán kōng dìng shēn
能干。它能长途飞行，能悬空定身，

tā yǒng měng shàn dòu　　shān yīng yě cháng cháng bài zài tā de
它勇猛善斗，山鹰也常常败在它的

jiān zuǐ zhī xià　zhēn liǎo bu qǐ
尖嘴之下，真了不起。

41

潇洒的丹顶鹤

XIAO SA DE DAN DING HE

自古以来，鹤是我国著名的珍禽。古代文人常以它为题，吟诗作赋，绘画歌舞。

鹤有好多种，我国有丹顶鹤、灰鹤和蓑羽鹤等，特别是丹顶鹤，更是世界珍贵鸟类。它体态优美，秀丽潇洒，人们颂赞鹤寿龟龄，松柏常青，把它列为是神仙、逸士的伴侣，给予"仙鹤"的美名。

丹顶鹤全身几乎都是纯白色，只是喉、颊和颈部是暗褐色，头顶皮肤裸露，肉冠是美丽的朱红色，同白羽相衬，更显露出那鲜明的神采。"丹"是朱红的意思，丹顶鹤的名称由此而来。

丹顶鹤两翼宽阔，尾巴短小，都是白色。飞羽为黑色，次级和三级飞羽长而弯曲，像弓状；双翼折叠的时候，把尾羽遮住，人们常常当它是尾羽。

丹顶鹤从头到脚，每个部分都显得修长。暗褐色的小眼睛，暗绿色的长喙，长长的颈脖，还有两条铅黑色的长腿。它的气管比脖子更细长，盘曲在胸骨之间，好像弯曲的喇叭管，鸣叫洪亮而有回声。

我国嫩江中下游，是一片沼泽地。芦苇丛生，是丹顶鹤的主要繁殖地。它静止时，常常栖息

43

在近水的浅滩上，缩着一条腿，单腿亭亭玉立，直立休息，其姿态安详而秀逸。它有时漫步于浅滩之旁，涉水于急流之中，闲静地往来徘徊，寻觅食料。常常扭动长颈，把长嘴伸进水中，啄取鱼虾，水虫、贝类和青蛙，也吃一些嫩草和谷类。

丹顶鹤筑巢在芦苇丛里，春季产蛋，每次两个，夏季孵出小鸟。秋天时，它要作季节性的迁徙，飞经日本，朝鲜和我国北部沿海各省。冬天，南飞到长江下游一带。春季，再北返繁殖地产蛋育儿。

丹顶鹤起飞时，先是不断拍动双翼，然后经过滑翔，凌空而起，飞得很高。它振翅飞翔时，前引长颈，后伸长腿，前后相对，优美秀逸，轻盈飘然，不时发出"呵呵"鸣叫声，正是"鹤鸣九皋，声闻于天"。

丹顶鹤性易驯服，一向受人喜爱，饲养观赏。它会听从主人的话，展翅引颈，翩翩作舞。羽的制成品是名贵的装饰品。

YUE DU XIN YU

阅读心语

丹顶鹤，我国的珍禽，文人墨客吟诗作画的主题，修长优雅的体型给人独特的美感，有了它，大自然变得更美了。

乘风迁飞的鹰

CHENG FENG QIAN FEI DE YING

鹰有独特的飞行本领。在天空中，它张开巨大而强劲的翅膀，常常一动也不动地飞过来，滑过去。有时，它们凌云翱翔，扶摇直上；有时，它们搏击长空，俯冲疾降。

北美洲苏必利尔湖西部，一直到哈得逊湾间的广阔土地上，生长着大片原始森林，那里栖息了世界上最大的鹰群。每年深秋季节，气候变冷，鹰就成群结队向南部飞迁。最多的时候，达到25万只以上。

说也奇怪，这群飞鹰都是经由同一条"航线"迁徙的，它们沿着苏必利尔湖沿岸上空飞行，组成了一股强大的活动的

"鹰流"，好像是一条无形的空中走廊。鹰流飞过的地方，生气勃勃，热闹非凡，真是铺天盖地，好比乌云压顶，天色顿时变得黑沉沉了。这种壮丽的奇观，引来了许多游客。

美洲鹰对寒暑变化的感觉也很敏锐，气候一变，它们就要开始迁飞。北极地区的冷空气南下，它们就迁飞到南方去过冬；到春暖以后，再飞返繁殖地区。迁徙也是鹰对外界条件的一种适应。

鹰的高空飞翔，是充分利用了上升和

下降的气流。上升气流把它的上凸下凹的翼翅托起，悬在空中；遇到冷气流下降时，它就随着急速下降。在静止无风的空气中飞翔时，因为没有上升的热空气，所以就不断从高处斜向下滑了。

苏必利尔湖边有绵延的高山峻岭，从东部吹来的风，撞到山崖上，被迫上升，就形成了一股强大的上升气流；从西部陆地吹来的风，同湖面的冷空气相遇后，也产生了另一股上升气流。正是这种上升气流，载鹰直上青天，它们追逐着气流，乘风南飞而去。

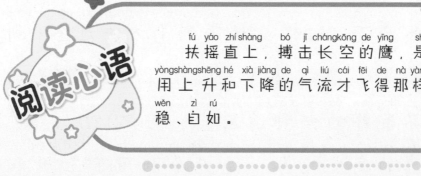

YUE DU XIN YU

扶摇直上，搏击长空的鹰，是利用上升和下降的气流才飞得那样平稳、自如。

北雁南飞

BEI YAN NAN FEI

tiān gāo yún dàn，hǎo yí gè wǎn qiū tiān qì。chéng qún de
天高云淡，好一个晚秋天气。成群的

dà yàn pái chéng rén zì xíng huò yī zì xíng de duì wu zài gāo kōng nán
大雁排成人字形或一字形的队伍在高空南

fēi，yā yā yā……de jiào shēng bú duàn lüè guò cháng kōng
飞，呀呀呀……的叫声不断掠过长空。

dà yàn shì dōng hòu niǎo。měi dāng qiū dōng jì jié，cóng xī
大雁是冬候鸟。每当秋冬季节，从西

bó lì yà chū fā，jīng guò wǒ guó běi fāng、huáng hé liú yù、cháng
伯利亚出发，经过我国北方、黄河流域、长

jiāng liú yù，dào wǒ guó nán fāng de fú jiàn、guǎng dōng děng yán hǎi
江流域，到我国南方的福建、广东等沿海

dì qū guò dōng。dì èr nián，yòu cháng tú bá shè de fēi fǎn xī
地区过冬。第二年，又长途跋涉地飞返西

bó lì yà chǎn dàn fán zhí。dà yàn de fēi xíng sù dù hěn kuài，měi
伯利亚产蛋繁殖。大雁的飞行速度很快，每

xiǎo shí néng fēi gōng lǐ，jǐ qiān gōng lǐ de màn cháng lǚ
小时能飞68～90公里，几千公里的漫长旅

tú，yě děi fēi shàng yì liǎng gè yuè li
途，也得飞上一两个月哩。

wèi shén me dà yàn qiān fēi shí yào bǎo chí yán gé hé zhěng qí
为什么大雁迁飞时要保持严格和整齐

de duì xíng ne？yuán lái，zhè zhǒng duì xíng zài fēi xíng shí kě shěng
的队形呢？原来，这种队形在飞行时可省

lì la！fēi xíng zài qián miàn de dà yàn pāi da jǐ xià chì bǎng，qì
力啦！飞行在前面的大雁拍打几下翅膀，气

流就上升了，后面的小雁就可以乘着这股气流滑翔，它们在相互帮助，使雁群飞得更快、更省劲。

每当傍晚，大雁就降落到地面，在芦苇塘、河边草丛间栖息，找寻水草吃，也要吃地里的麦苗和蚕豆苗等。大雁可机灵呢！夜里休息的时候，总是要派出大雁站岗放哨，一有动静就发出叫声，呼唤同伴赶快飞离。

第二天清晨，起飞前，大雁往往群集在一起，开"预备会议"啦。然后，由老雁带头前飞，像是"队长"在领路，幼雁排在中间，最后是老雁压阵。

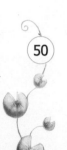

50

呀呀呀的叫声，是一种信号，大雁会说话哩，告诉同伴：起飞、降落、告警、休息和觅食。

大雁会糟塌庄稼，农民们常常在夜里去捕捉它们。先是轻手轻脚地摸掉"哨兵"，然后，趁雁群熟睡的时候，出其不意地来个袭击，逮住它们，或者燃起火堆，使大雁惊飞；一会儿火光熄了，大雁又飞了回来。这样，几次点火，使大雁多次上当，疲乏不堪。最后，趁它们失去戒备的时候，一拥而上，大雁就乖乖地被俘啦！

YUE DU XIN YU

北雁南飞，或"一"字形或"人"字形，几千公里的漫长旅途，团结一致，互相照顾，精神可嘉。

阅读心语

可怕的派对

看！海底的动物们又在开派对了。不过这个派对你可不要随便参加哦！只要你不小心惹怒了某一位，可就麻烦了。因为这些动物身上都有剧毒，要不派对的主题怎么就叫"你好毒"！

当然啦，这些动物们也不是天生坏脾气，它们身上的毒素或是用来捕食，或是用来防身的。所以大家不要害怕，就让我们来听听它们的自我介绍吧。

首先出场的是水母大婶，她一起一伏地游了过来。水母大婶最怕下雨了，老是撑着一把大伞。"我脑袋大，聪明就不用说了，可你们千万不要小看我的触手，多的可以达到数百只，还能伸展至几米长。触手上有很多刺细胞，遇到刺激时就会放出卷曲的丝状物缠住食物。

哈哈，重要的是我的刺细胞末端有刺，能将毒液注入猎物体内，使其麻醉，就是神仙也逃不了。"

"这有什么呀！"章鱼大叔不服了，"我可是最进化的软体动物。虽然我只有8只触手，但感觉敏锐，还能在海底爬行。而且我的唾腺能分泌有毒的唾液。尤其是我的亲戚豹斑章鱼，毒性最强，你可千万别惹它。"

说起毒性强，还得数海蛇先生，它是生活在海洋里的爬行动物。瞧！说曹操曹操到，那穿着最新款彩条衣服的不就是海蛇先生吗！"我海蛇，体细长，尾扁平，善游泳。"言简意赅。海蛇的毒性比"毒蛇之王"——眼镜蛇的毒性还要强。它专吃鱼类，能用锋利的空心牙齿向猎物体内注射致命的毒液，使之丧命。海蛇先生果真具有王者风范。

海蛞蝓哥哥很内向，大家都不太了解它，其实它也非常爱美，老换衣服。它和螺是同门师兄弟，但外壳却退化掉了，成了"裸鳃类"。别看海蛞蝓哥哥体型娇小，它可是个不折不扣的肉食主义者。说到这儿，水母大婶打颤了。海蛞蝓不仅能吃小水母，还可以把水母的毒素聚集在体内，用吸收的毒素对付袭击者，真是一举两得。

"唉！你们这些年轻人火气太旺了，要多排排毒。"海参爷爷发话了，海参家族已经有6亿年的历史了，一定是经验丰富。"我的消化道约有体长的两倍多，但是管壁很薄，只能靠吞食大量的沙或碎贝壳帮助消化。不过我体内有一种特殊的有毒器官，具有再生功能。当我受到敌人的侵犯时，就把剧毒从肛门排出，去毒杀来犯的敌人。"

姜还是老的辣，高招！

"海参爷爷，你这样可不环保呀！"芋螺妹妹有意见了，"我可从来不污染海水。我的嘴部有锯状的毒齿，与毒腺相连。当我猎食时，用毒齿咬住猎物，并注入毒液，就能使它麻痹或死亡。要是有环保奖，非我莫属！"

蓑鲉弟弟的鳍很大，但不善于游泳，年纪小还需要锻炼。它胆子很小，往往躲在礁缝中，等猎物接近时便立刻捕捉。不过蓑鲉在有些方面还是有天生的优势，它的背鳍有毒刺，平常由一层薄膜包围着。当遇到敌害时，薄膜便破裂，用毒刺攻击对方。深藏不露，还简单有效。

要说最漂亮的，要数外号"海底玫瑰"的海葵小姐了。它虽然身体很柔软，可不是个标准的淑女。它那张顺应当今潮流的大嘴能将小鱼一口吞下。"我每只触手的尖端有一个毒囊，毒囊里盘有一条条带尖的线，一旦遇到对手，其中一根线就会将皮刺破，放出毒液，对手很快就被制服了。"别看它是个女生，竟然能爬到巨蟹的螯上"安家"，让蟹带它在海洋世界旅游。

银鲛奶奶也是派对上的老资格了，它的祖先在3.5亿年前就出现在地球上，因此她有"活化石"之称。别看银鲛奶奶年纪大了，皮肤却滑溜得很，还没有鳞片，一身银灰色晚装更显得雍容华贵。背鳍前缘的大型毒刺就是银鲛奶奶宝刀未老的体现。

大家的脖子都等长了吧？现在我宣布：派对正式开始！大家一起来happy！

YUE DU XIN YU

阅读心语

水母、章鱼、海蛇、海蛞蝓等海洋生物，虽然都有"毒器"，但是，它们却和睦地生活在一起，这些"毒器"只是防身而已。

鲨鱼的"向导"

SHA YU DE XIANG DAO

鲨鱼是鱼类中的"巨人"。最大的是鲸鲨，其次是象鲨，身长有15米，极个别的竟有30米长。但是鲨鱼也有"侏儒"，一种黑色带刺的鲨鱼，只有半米长。

鲨鱼十分凶猛，是多数鱼的"敌人"。巨大的嘴里长着尖锐的牙齿，当它追逐鱼群时，一下子能吞掉几十条小鱼，还能咬死和吃掉大鱼，真是海上的"魔王"。

奇怪的是，在这个魔王的身旁，却有着形影不离的小伴侣——向导鱼。它常常在鲨鱼前面或者鳍边游来游去，既敏捷，又快速，一点也不怕鲨鱼。

向导鱼长不过三十多厘米，青色的背，

白色的肚，两边有黑色的宽带般的纵条纹，大部分生在地中海。鲨鱼为什么不把向导鱼吞掉呢？原来，向导鱼专给鲨鱼做向导，引向鱼群集结的海面，让鲨鱼捕猎那些"牺牲者"。向导鱼还不时进入鲨鱼的嘴里，吃牙缝里的残屑。鲨鱼感到很舒服，更乐意它这样做了。

鲨鱼和同谋者之间建立了奇妙的合作关系。鲨鱼靠向导鱼领路找食，向导鱼靠鲨鱼残屑过日子，靠鲨鱼来保护自己。

向导鱼还喜欢追随海上船只，当船只临近大陆时，

它就突然消失了。天暖的时候，往往跟着船只游到英国南海岸，甚至还进入港湾哩！人们又叫它"领港鱼"。

向导鱼为什么紧跟船只不舍？可能是它想吃到一些船上抛下来的残羹。为什么它常同鲨鱼在一起呢？生物学家又作了另一种解释：向导鱼同鲨鱼常来常往，更大的可能是，它被鲨鱼吃剩的残屑所吸引，而唯一不受到攻击的原因，是它行动敏捷，躲避了吞食。

YUE DU XIN YU

阅读心语

向导鱼，因为能引导鲨鱼捕猎群鱼而免遭吞食的危险，向导鱼和凶猛的鲨鱼同时出现时，会不会令你想到"狐假虎威"一词呢？

奇异的比目鱼

QI YI DE BI MU YU

比目鱼的模样长得真怪：扁扁的身体，左右很不对称，一边突出，一边平，仿佛是半片鱼。更有趣的是，两只眼睛长在身体的同一面，背鳍一直伸到了头前面。

人们曾经认为，比目鱼是雌鱼和雄鱼并排着一起游泳的。其实，两条同类的比目鱼是永远合不拢的，眼睛也是没法相互靠近的。

比目鱼分成牙鲆、高眼鲽、条鳎、半滑舌鳎等类。刚孵化出来的幼鱼，眼睛是对称地长在两侧的，以后在发育过程中，各部分发育不平衡，才长出了这个怪模样。同是比目鱼，头眼也生的不同，牙鲆和半

滑舌鳎的两眼长在左面，高眼鲽和条鳎的两眼却长在右面。

比目鱼常常单独栖息在海底，侧着身体横躺在海底沙滩上，那突出的长着两眼的一面，总是朝上的。

比目鱼的色泽，也是很适应在海底生活的。佛利鲽的眼的一边，颜色是灰色中带有一些橄榄色，像褐色的大理石花纹，也有的佛利鲽是黄色或黑色的，同周围的泥沙和石砾很相似。因此，只要不游动，几乎是觉察不出它来的。

地中海鲆能随着背景的色泽而变色。黑

62

色、褐色、灰色和白色等普通环境的色泽，它都能变出来。牙鲆的变色本领就更大了，在白色、黑色、灰色、褐色、蓝色、绿色、粉红色和黄色的环境里，它都能巧妙地使自己变得同周围的色彩相一致。

比目鱼不大会游泳。它游起来身体横卧在水里，头和尾像波浪般地运动着，动作很慢，容易被大鱼吞食掉。因此，它常常匍匐在海底不动，这样，既可以用伪装躲过敌害，又可以方便地捕捉到食物。

比目鱼肉很鲜嫩，是味美的食品。

YUE DU XIN YU

阅读心语

比目鱼，两只眼睛长在身体的同一面，已经令人称奇，当它睡觉时，长着两眼的一面，总是朝上，更加有趣。

娃娃鱼

WA WA YU

鲵的别号叫"娃娃鱼",其实它不是鱼,而是一种两栖动物。它的样子长得很怪,头大、扁圆而宽,嘴也大,眼睛很小,后面拖着一条侧扁的大尾巴。外形有点儿像壁虎,又像鲶鱼,所以有人就称它"鱼"了。它身体呈棕褐色,皮肤润滑无鳞,却长着四只脚,又短又胖。全身光溜溜的,前肢很像婴儿的手臂,叫声也很像婴儿,娃娃鱼的名字就是这样来的。

娃娃鱼是鱼类和爬行动物之间的过渡类型,它有四肢,用肺呼吸,但是由于发育不完善,还要借湿润的皮肤来辅助"呼吸"。这证明现代的陆生动物是由古代水生动物进化而来的。所以，娃娃鱼是在生物进化史中具有重要的科学研究价值。

远在两亿多年前，大陆还连在一起。娃娃鱼在北半球有广泛的分布，从发现的许多娃娃鱼化石就可证明。最古老的化石是在美国怀俄明州的始新世地层中发现的。后来，大陆逐渐分离，海水相隔，娃娃鱼在不同的自然环境里，经过自然选择，有的淘汰了，有的保存了下来。

现在，世界上生活着的娃娃鱼，除了我国的大鲵外，还有日本的大山椒鱼和美国的隐鳃鲵，外貌很相

65

似，它们虽然远隔重洋，却保持了"祖先"的亲缘关系。

我国娃娃鱼共有一百二十余种，分布很广，遍及黄河流域以南各省。它长约二十五厘米，最大的一种长达一百八十厘米。

娃娃鱼的生活习性很奇怪。它生活在山区清澈、湍急、清凉的溪流中，栖息在岩洞或石缝间，洞内宽敞平坦，白天睡觉，晚上才出来活动，吃食鱼、虾、昆虫、蛇、蛙等。它的牙齿不能咀嚼，张口将食物囫囵吞下，然后在胃内慢慢消化。它很耐饥饿，几个月不吃东西，照常活得很好。冬

tiān shí　　　yě yào dōngmián
天时，也要冬眠。

wá wa yú de yù ér yě hěn qí guài　　xià jì xióng wá wa
娃娃鱼的育儿也很奇怪。夏季雄娃娃

yú yóu dào cí wá wa yú fù jìn　　xuǎn zé hǎo dòng xué　dǎ sǎo
鱼游到雌娃娃鱼附近，选择好洞穴，打扫

gān jìng　　zài shuǐ zhōng pái chū yí gè jīng náng　　lǐ miàn bù mǎn jīng
干净，在水中排出一个精囊，里面布满精

zǐ　cí wá wa yú jìn dòng kàn dào hòu　　jiù jiāng tā fàng jìn zì
子，雌娃娃鱼进洞看到后，就将它放进自

jǐ de shēng zhí kǒng li　　pái luǎn shí hǎo shòu jīng　　chǎn luǎn wán bì
己的生殖孔里，排卵时好受精。产卵完毕，

jiù lí kāi le　　xióng wá wa yú dān rèn hù luǎn gōng zuò　　zhí dào
就离开了，雄娃娃鱼担任护卵工作，直到

xiǎo wá wa yú fū chū　　fēn sàn shēng huó wéi zhǐ
小娃娃鱼孵出，分散生活为止。

wá wa yú shì wǒ guó de zhēn guì dòng wù　　ròu néng zhì liáo
娃娃鱼是我国的珍贵动物，肉能治疗

fēng diān bìng　pí kě yǐ zhì liáo lòu jí　　zài dòng wù yuán zhōng　　tā
疯癫病，皮可以治疗瘘疾。在动物园中，它

shì yì zhǒng guān shǎng dòng wù
是一种观赏动物。

yīn qí wài xíng　jiào shēng kù sì yīng ér　　wá wa
因其外形、叫声酷似婴儿，"娃娃

yú　yīn cǐ dé míng　yīn qí cóng liǎng yì duō nián qián zài
鱼"因此得名。因其从两亿多年前在

dì qiú chū xiàn　jīng guò zì rán de xuǎn zé　táo tài　cún
地球出现，经过自然的选择、淘汰，存

huó zhì jīn　suǒ yǐ bèi shòu rén lèi zhēn xī
活至今，所以备受人类珍惜。

食蚊鱼

SHI WEN YU

在我国和美洲的河流里，有一种柳条鱼，有攫食蚊子幼虫孑孓的独特本领，也叫食蚊鱼。

有趣的是，这种鱼体躯细小，只有几厘米长，呈橄榄色，闪闪发光，两侧有纵行的细黑线，鳞片镶有黑色的线条，背鳍和尾鳍上都嵌着细黑点。

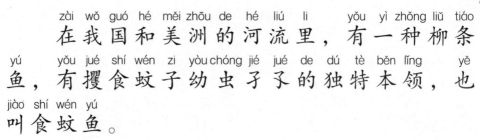

食蚊鱼的繁殖能力很强，每条雌鱼能够在四十分钟内产出小鱼40~80

尾。小鱼脱胎后不能立即行动，要经过两分钟后才能离开鱼妈妈的体内。

食蚊鱼的生活能力很强，在鱼类中是很少见的。它可以生活在积水中，也可以生活在死水般的池沼里。这些地方，正是孑孓滋生的温床。

人们利用食蚊鱼的特长来捕食孑孓，消灭蚊虫。把食蚊鱼放进污水里，当孑孓游到水面呼吸时，食蚊鱼也在水面觅食，孑孓就成了它美味的点心。

不要以为食蚊鱼很小，食量可大呢。每天，它吞食万把条孑孓，还嫌不够饱哩。

YUE DU XIN YU

阅读心语

死水，是蚊子滋生的温床，有了食蚊鱼，蚊虫消灭光，在我国和美洲的河流里，都有这种奇特的鱼。

69

海参的夏眠

HAI SHEN DE XIA MIAN

不少动物是要冬眠的，但是，也有些动物过冬时并不冬眠。恰恰相反，到了夏天，却夏眠起来了。

在热带的沼泽地区，旱季到来时，那儿常有几个月的干涸时期。攀鲈、鲶鱼、乌鳢和熊足鱼，印度的"蛇头"鱼，马来西亚的大淡水鱼等，常常埋在泥里夏眠，来度过炎热的季节。当雨季到来后，沼泽或河川充满了水，它们再恢复正常的生活。

海水鱼是没有夏眠的。可是，生活在海底水藻丛和岩石孔里的海参，却要夏眠呢！

海参能随着环境变换体色。同水藻在一起时，是绿色的；在海底岩石间时，却

biànchéngshēn qiǎn bù yī de sù sè le
变成深浅不一的粟色了。

hǎi shēn zài xià tiān hěn pà rè　　xū yào jiào cháng shí jiān lái
海参在夏天很怕热，需要较长时间来

xiāo shǔ xià mián　　dāng shuǐ wēn chāo guò　　　shí　　tā nài bú zhù
消暑夏眠。当水温超过20℃时，它耐不住

le　　jiù zhuǎn yí dào hǎi shuǐ jiào shēn　　bō
了，就转移到海水较深、波

làng jiào wěn de dì fang　　yì
浪较稳的地方，一

tóu zuān jìn le yán shí xià de
头钻进了岩石下的

hēi àn chù　　bǎ shēn tǐ fān
黑暗处，把身体翻

guò lái　　yǎng miàn cháo tiān
过来，仰面朝天，

rán hòu yòng jiǎo jǐn jǐn pān zhù
然后用脚紧紧攀住

yán shí　　bìng bǎ qū tǐ quán
岩石，并把躯体蜷

suō qǐ lái　　jiù cǐ bù chī bù
缩起来，就此不吃不

hē　　yí dòng yě bú dòng　　ān yì
喝，一动也不动，安逸

de shuì jiào le　　yí shuì jiù shì jìn yì bǎi tiān zuǒ yòu　　yì zhí
地睡觉了。一睡就是近一百天左右，一直

yào dào shuǐ wēn jiàng dī dào　　　yǐ xià de shí hou　　cái fù sū guò
要到水温降低到20℃以下的时候，才复苏过

lái　　chóng xīn kāi shǐ mì shí huó dòng
来，重新开始觅食活动。

hǎi shēn wèi shén me yào xià mián ne　　hǎi shēn pà rè shì gè yuán
海参为什么要夏眠呢？海参怕热是个原

yīn　　zài xià jì　　hǎi shēn zhǎo bú dào chōng zú de shí wù yě shì gè
因，在夏季，海参找不到充足的食物也是个

原因。原来，海底的小生物是随着海水上下水层冷热变化，而上浮下沉的。夏季时，海面水温增高，小生物浮游到水面繁殖，在海底生活的海参，找不到足够的食物，于是只得进入"夏眠"了。

YUE DU XIN YU

有一些动物，夏天到了，还要夏眠，海参就是这种很特别的动物之一，夏眠的场所，当然是深水处水温较低较凉快的地方啦。

"三位一体"的寄居蟹

SAN WEI YI TI DE JI JU XIE

寄居蟹的模样可真怪,既像虾,又像蟹,头胸部长着螯足披着甲,身上背着个螺壳,常在浅海的岩石上爬来爬去。螺壳是它的"住宅"。

这个"住宅"的主人,原来是海螺。寄居蟹向海螺进攻,把它弄死、撕碎,将自己的腹部钻进壳内,盘曲在里面,再用尾扇钩住螺壳的顶端。短步足紧撑着螺壳内壁,长步足伸出壳外好爬行,大螯挡住门口可御敌。就这样,寄居蟹强占了别人的"住宅"。它的另一个别名叫"白住房",真是名实相符。

奇怪的是,这个寄居蟹寄居的"住宅"

里，还寄居了另一个"房客"——小海葵。它俩亲密无间，同出同游。

寄居蟹背驮螺壳，荷着行动困难的海葵，四处觅食的同时，也就帮助了海葵寻找食物。而海葵的怪模样，长着不少触手，上面有许多刺细胞，隐蔽和保护了寄居蟹；它用刺细胞刺螫，还能吓退敌害哩。

寄居蟹逐渐长大了，"旧居"待不下了，怎么办？这时候，海葵就分泌出一种几丁质来，帮助寄居蟹扩建住宅。或者，寄居蟹索性另找"住宅"，新"住宅"哪里来呢？当然只有向别的大海螺抢夺了。寄居蟹自己搬了不算，总是将海葵一起带进新住宅。

寄居蟹有时失去了海葵，就惊慌失措，四处找寻老的或新的伙伴。当"旧友"重逢时，就以触角抚摸海葵，意思要它寄居下来。在移转时，寄居蟹行动缓慢，免得海葵受惊；而海葵也收缩它的刺细胞，不致使寄居蟹受到伤害。

寄居蟹的种类很多，有一种寄居蟹叫做栉螯，因为个儿小，却是寄居在海绵中的。

YUE DU XIN YU

寄居蟹强占了海螺的"住宅"，却又不得不依赖海葵才能长期地在此安稳地生活。

对虾的旅行

CUI XIA DE LV XING

对虾不是成对地生活在一起的。

出售时，人们常常以一对为单位来计算价格，因此叫"对虾"。它体大肥硕，因此又叫大虾。它在新鲜时，保持了相当的透明度，又叫"明虾"。对虾味道鲜美，营养丰富，是有名的菜肴。

雌虾呈蓝褐色，叫青虾，重60~80克；雄虾呈黄褐色，叫黄虾，重30~40克，比雌虾要小得多。它们头上伸出两条红色的触须，长长的眼柄上，生着肾形的复眼。强壮有力的身躯上，长有三对颚足、五对步足和一个尾扇。对虾依靠它们用来行动和捕捉食物。

游泳时，它们忽而向前，忽而向后，活

动自如，能拨水向后腾跃，还能作长距离的游泳。

对虾的甲壳又薄又透明，它内部的神经索，长圆形的胃，暗红色的肝脏，黄白色的心脏，细直的

肠子，都可以看得一清二楚。

春天到来，海水温度回升的时候，那些在我国黄海南部过冬的对虾，就开始产卵繁殖的活动，成群结队地向北方海域前进。三月初，对虾来到了山东半岛东南石岛附近海域，以后，在这里越聚越多。四月初，大批对虾经过威海、烟台、蓬莱附近海面，向渤海进发，部分转向山东半岛南部、江

苏沿海游去，还有一部分向辽东半岛、朝鲜半岛游去。

四月底，进入渤海湾的对虾主群，先后到达黄河、海河、滦河和辽河等出海口以后，就逐渐分散开来，各自去寻找适宜的产卵场所。这里的浅海，春季水温逐渐升高，能促进卵的孵化。夏季开始后，食料更丰富了，加快了幼虾的生长发育。

到了秋末，幼虾已经长得同母虾那么肥硕健壮了，雄虾的生殖腺也发育成熟了。这时候，雄虾追逐雌虾，完成了交配。

冬天，日照时间变短了，寒冷的冬季风劲吹，渤海的水温急剧下降，生活环境变得对对虾极为不利。于是，它们群集起来，沿着那条老路，慢慢地又回到了黄海的南部海域，躲避隆冬的严寒。

到了第二年春天，对虾因生理需要，又要重返产卵的"家乡"，进行一次新的洄游了，这叫生殖洄游。秋末后，对虾因水温的变化，又向着温暖的南方海域洄游，这叫季节洄游。

一年中，对虾要在几个月的时间里，完成两千多公里的长途旅行，而且年年如此，真是个壮举。

YUE DU XIN YU

阅读心语

"对虾"因人们成对出售而得名。春天，从黄海南部出发，一路北上，四月底进入渤海湾，产卵、孵化、幼虾成长。冬天，又原路返回，年年如此。

贪睡的鼠

TAN SHUI DE SHU

山鼠是定温动物，可是在冬眠时，它们的体温跟着环境温度在变化着。

北方的冬天来得早，去得迟，长约六个月以上。生活在那里的山鼠，早已布置好舒适的睡窝了，在地洞里铺上草，安安逸逸地躺下睡觉了。

山鼠还有个习惯，当它休眠时，为了免得一些穴居的动物跑来"吵闹"，常常把洞口用泥巴封起来。这时候，它就把头伸到后面两腿的中间，蜷缩成一团，沉沉地酣睡起来。

山鼠的体温在36℃时，每分钟呼吸次数在二百次以上；当体温降低到16℃时，代谢的机能只是平时的九分之一；当体温接近

10℃时，代谢机能竟减低到二十七分之一。这时候，呼吸逐渐变慢，几乎完全停止了。也就是说，只要体内还有较少的营养，就可以维持六个多月的生活。

睡鼠是以贪睡而出名的动物。在任何嘈杂的场所，随时会打起哈欠来，擦几下眼睛，就昏昏地熟睡起来了。睡鼠也是需要进行长期冬眠的。

秋天到了，粮食、果子熟了，睡鼠等动物都放开肚皮大吃。它们一只只吃得肥肥胖胖的，长满了脂肪。深秋的时候，修筑好了自己的住所，还搬运来了不少干果、食料，以便在冬眠醒来时好充饥。

冬眠开始后，睡鼠就不吃不动了，要睡上六个多月之久。在冬眠中，呼吸也几乎停止了，躯体也变得硬硬的，外界的任何声响，甚至碰撞触动着它的时候，睡鼠还是照睡不醒。

YUE DU XIN YU

阅读心语

当环境温度变化时，山鼠、睡鼠的体温也发生变化，冬眠便开始了。它们安然"入睡"，外界的任何声响都影响不了它们。

住在树上的袋鼠

ZHU ZAI SHU SHANG DE DAI SHU

说到袋鼠，我们就会想到它们在地上跳跃的样子，可您听说过有会爬树的袋鼠吗？有！那就是树袋鼠。

树袋鼠为什么要生活在树上？科学家的解释是：数百万年前袋鼠的老祖宗都生长在树上，过了一段很长很长的时间，由于某些原因，它们转移到了地面而成了我们今天见到的普通袋鼠。可是又过了几百万年，有些生活在地上的袋鼠又重新返回树上生活，逐步演变成了今日的树袋鼠。

目前了解到的树袋鼠只有10种，它们仅分布在全球两个地方：一处是澳大利亚东北部及北部的一个大岛；另一处是巴布亚

83

新几内亚的热带雨林。一般的树袋鼠大的像只大狗，小的像只猫，它们都生活在浓密树叶的隐蔽处。树袋鼠强壮的腿可让它们从一个树枝跳到另外一个树枝上，甚至还可以从18米高的树上跳下，这个高度可相当于6层楼的高度，但它们很少这样跳跃。为了适应爬树，它们的前肢变得比后肢长，尾巴也比身体要长，而且前后肢的掌粗糙，爪锋利。树袋鼠厚厚的脚掌可以在跳跃中起到缓冲作用，使自己的身体平稳着陆。粗糙的脚掌又可以使它们在爬树时不致滑落跌下，掌上略带弯曲的爪还能让它们悬挂在树上。树袋鼠的尾巴很长，当在树上爬行时，尾巴会紧贴着树干，起着良好的保持平衡的作用，但树袋鼠绝不会像猿猴一样用尾巴攀援在树枝上。

两年前，人们只知道有9种树袋鼠。最近，

科学家又发现了一个新种，这种树袋鼠的身体不像其他种那样呈黄褐或红色，而是黑白色。而且它们也不像其他树袋鼠种那样大部分时间生活在树上，它们喜欢在地上活动。当然，一旦需要，它们会迅速攀援到树上。

其他种的树袋鼠虽然大部分时间生长在树上，但它们也经常下到地面觅食。

树袋鼠上树的姿势十分有趣，它先由地面向上跳起60~90厘米，抓住树干，然后再用爪一步步向上爬。而下树时，则是头朝上倒着爬下。

树袋鼠特别喜欢

睡觉，一天要睡好几次，它们想什么时候睡就什么时候睡，而且不睡在窝里也不睡在固定地方，只要有个树杈就可以解决问题。睡醒后就忙着找吃的，不分昼夜，吃吃停停，主要食物是多汁的树叶，其次是些野果和树皮。

大多数成年的树袋鼠喜欢独自在树上生活，但幼小的树袋鼠必须依靠妈妈。就像其他袋鼠类一样，小鼠要在母亲肚皮上的"袋"子中长大。一只新生的树袋鼠体长不足2.5厘米，它生下后第一件事便是不用妈妈帮助，自己顺着母亲的肚皮向上爬，寻找那个张着口等待它的"袋"子，当时它的眼睛尚未睁开！母鼠一般每次只生一个小鼠，不然生得多了，母亲的"袋子"就会拥挤不堪了。数月之后，小鼠开始爬出母亲的袋子，跟随着母亲学习生存技巧，它们观察母亲喜欢吃什么就学着吃。再过几个月，小鼠就可以爬出袋子自己活动了，但在吃奶和睡觉时仍要钻进"袋"子里。直到最后小鼠彻底脱离母亲的"袋"子时，它也不离母亲左右，直到第二年才完全离开。离开母亲的树袋鼠也将像其他树袋鼠一样，独立生活，它们在树上、地下跳跃，睡觉和嬉戏……

YUE DU XIN YU

阅读心语

树袋鼠是跳跃的冠军，是攀爬的能手。

吃猫的老鼠

CHI MAO DE LAO SHU

猫会捉老鼠，这是谁都知道的事儿。

夜阑人静的时候，老鼠就出来活动了。

它们偷吃粮食、果子，还会偷油吃呢。有时，把东西搬走，贮藏起来，准备在"青黄不接"时吃。

猫是老鼠的天敌。当老鼠活动猖獗的时候，也是猫儿最忙碌的时候。猫的爪子下的肉垫，又柔软，又富弹性，走起路来，轻手轻脚的，即使它跳上跳下，奔东走西，也只有很轻微的声音发出来。猫眼瞳孔能缩小、放大，在不同光线条件下，反应很灵敏。即使黑暗无光时，猫眼照样能看清四周的事物。猫的腮边长着一撮细长胡子，有极灵敏的触觉，便于钻穴奔跃。胡子一碰到东西，猫就会很快调整自己的行动。

猫躲藏在黑暗地方，一见老鼠就匍匐着不动，圆睁着眼球，观察时机，算准距离，猛的窜将过去。老鼠受惊潜逃，没逃出几步，就给逮住了。一只好猫，一夜间能捕食好多只老鼠。

"猫儿喵喵叫，老鼠舍命逃。"猫是老鼠的克星。可是世界上的事真有趣，居然有一种老鼠会吃猫呢！

这种吃猫的老鼠生长在非洲，样子跟家鼠差不多，只是嘴巴上有层硬壳，长得很

jiān yìng   tā huì sàn
坚硬。它会散
fā chū yí zhèn zhèn nóng
发出一阵阵浓
liè de chòu wèi   māo
烈的臭味，猫
xiù dào hòu jiù hún shēn
嗅到后就浑身
tān huàn le   quán shēn
瘫痪了：全身
biàn ruǎn   fā dǒu
变软、发抖，
dòng tan bù de   zhè
动弹不得。这
shí hou   lǎo shǔ tiào jiāng
时候，老鼠跳将
guò qù   yòng ruì lì de yá
过去，用锐利的牙
chǐ yǎo duàn māo de hóu guǎn   bǎ xuè
齿咬断猫的喉管，把血
xī jìn   rán hòu zài bǎ māo tuō dào yǐn bì de dì fang màn màn chī diào
吸尽，然后再把猫拖到隐蔽的地方慢慢吃掉。

YUE DU XIN YU

90

māo chī lǎo shǔ   zhèng cháng bú guò   lǎo shǔ chī
"猫吃老鼠"正常不过，"老鼠吃
māo   jiào rén chēng qí   fēi zhōu de lǎo shǔ jiù shì zhè bān
猫"叫人称奇，非洲的老鼠就是这般
xiōng hàn
凶悍。

麻雀的功过

MA QUE DE GONG GUO

　　麻雀，全世界几乎都有分布。它除了栖息树林洞隙间外，常常群居一起，喜欢与人类为伴。住宅的屋檐下，建筑物的缝隙中，檐槽间，都是它的"家"。

　　晨曦初露，麻雀就喧噪起来了。它们在屋檐树梢，庭前院后，唧唧喳喳，叫个不停。不同的鸣叫声既是雀类互通信息的"语言"，又是人们预测天气的物象。晴天早晨，麻雀东跳西跃，发出"吱喊、吱喊喊喊喊吱……"的欢唱，这预示着未来天气继续晴好。当麻雀缩着头发出"吱——吱——"的长声时，或者躲在屋檐下、雀巢内不断擦嘴，这预示着不久将有阴雨。春末夏初，麻雀三五成群去拍打水面，时而飞到岸上，边晒太阳边用嘴啄理羽毛，连续几次，这预示未来将会有较大的雨量。

夏季，雀群拍打水面后，往高处飞翔，预示天气转阴，将有小雨。到了秋天，麻雀拍打水面后，飞向电线杆、树梢高处，预示未来将有大风。冬季时，逢到麻雀在巢内、巢外进进出出，觅食衔草，忙个不停，这是麻雀在"囤粮"，不久将大雪纷飞啦。

麻雀长不过十多厘米，重一二百克，这种小东西倒是很聪明灵巧的。人们在美国堪萨斯州的田野上，发现那里八台三米高的泵油机泵杆上，都筑有雀巢，即使泵杆在上下起落，它们却照样产蛋，孵育。它充分利用人类创造的环境，无怪它成为世界分布最广的陆上鸟儿了。

每年初春季节，刚成熟的麻雀就四处

寻找适宜筑巢的洞隙，洞内铺上麦秸、干杂草或毛发等，安家落户。雌雀生殖力很强，一年最多可产上四窝蛋。

麻雀的生存充满了危险。鹰和猫头鹰，猫狗和老鼠都捕猎它们。它必须要有鸟巢庇护才能越冬。在野外觅食时，常常被捕获猎杀，在冬天大雪中被冻死或饿死。因此，每十只麻雀中，平均只有一只能活下来。

麻雀被人们视为是具有智能的鸟。心理学家波尔特在对智能动物进行迷津测验中，观察动物的学习和记忆能力，发现麻雀和老鼠、猴子同样敏捷。

麻雀又叫宾雀、瓦雀和家雀，是种留鸟，很少飞离老家几公里以外。郊野的麻雀飞得稍远，到农田去觅食，会啄起秧苗或者吞食谷粒和小果实。

多少世纪以来，人们都认为它是害鸟。不久前，科学家对麻雀的功过作了实事求是的评价。麻雀是有不少的害处，可它们也吃杂草籽，捕捉毛虫、蚱蜢和象鼻虫等害虫来喂养幼雀，它也有益处。总的来说，郊野的麻雀害多利少，城市的麻雀则是功过相当。

YUE DU XIN YU

阅读心语

麻雀，随处可见，叫声喳喳，预示天晴，成群拍打水面，报告下雨的消息。麻雀对于人类，有功也有过，说它是害鸟，太片面了。

化学的天赋

HUA XUE DE TIAN FU

放屁虫是自卫小军团中的"化学天才"，它能喷射出具有恶臭的高温"液体炮弹"，以迷惑、刺激和惊吓敌人。原来，它的体内有3个小室，分别储有二元酚、过氧化氢和生物酶。前两者流到第三小室，与生物酶混合后发生化学反应，瞬间生成约100℃的毒液。这一研究发现宣告了二元化武器时代的来临。二元化武器是将两种或多种能产生毒剂的化学物质分装在两个隔开的容器中，炮弹发射后隔膜破裂，几种化学物质在弹体飞行的8~10秒钟内混合并发生反应，然后在到达目标的瞬间生成致命的毒剂杀伤敌人。

另一种甲虫——独角仙，在幼虫阶段就是一个造诣极高的"药剂师"了。由于这一阶段还没有防护甲的保护，它会自行分泌一种强效的抗生素，以保护自己免受病菌的侵害。这一神奇的抗生素在20世纪70年代引起了科学家的关注，并被用于治疗某些结肠肿瘤，研究发现它可能是已知抗生素中最好的一种。

YUE DU XIN YU

小小昆虫，只是为了保护自己，或"放屁"，或"排毒"，这小小的护身招术，又给人类带来多少启迪呀！

阅读心语